JN192402

歌集

谿泉（けいせん）

玉井清弘

角川書店

谿泉　目次

装幀　倉本　修

歌集　谿泉

けいせん

玉井清弘

鈍甲のように

寝ころびて仰げる桜かがやきてこちらへどうぞといざないやまず

散華とう若き死ありきうろんなる世にこともなくわれは生き延ぶ

散る花のおおいつくせる池の面のほとりに八十場のところてん食う

「八十場」は崇徳上皇のゆかりの地。

花びらの一面に浮く池の面にそちらはいかがと鯉の浮きくる

桜食わば何に変身するならん真鯉浮ききて食わんともせず

このような類型に散る桜花逸れゆく日本にくるしみながら

妄執のはてに修羅とぞなりにける崇徳上皇背後にいたり

葉桜をくぐりて松山天狗来よ握手をなさば愉しからまし

水槽にメダカの浮きて影ひけり鈍甲（どんこ）のように太くしずかに

「鈍甲」はハゼ科の淡水魚。

掻い掘りに祭の魚を取りたりき　黒鯉の香の泥濘もどる

剪定に切られし枝に咲ける桐ほしくてならず遍路の途中

春まひるはだかのこころさらしいるベンチのわれを人ちらと見つ

団体の近づかぬ間に終わらせん般若心経テンポ早めぬ

参道に坐りて銭請う乞食(こつじき)の納経所はあちらと教えくれたり

門前に銭を請えるに与えるな当山と記す寺の張り紙

経（へ）めぐりて遍路の終わり近づけば読経のくせの抜けがたくなる

三体堂今日のぞき見つ鑑真をはさみて阿弥陀、釈迦如来坐（ま）す

開創の千二百年隠れ鬼なしいし秘仏はほのかにわらう

ショーケースに手をさし出す観音に届くことなしこの世の落花

今昔物語

ひときれの湯豆腐浮けり厨なる朝の土鍋の蓋取りたれば

たら、わらび、筍、独活とつづききて春の体はむくむくとせり

養殖の真珠の母貝の貝柱はじめて食いぬなかなかの美味

尾頭つき祝いの鯛を買いに行きなかりしと妻は兜買い来ぬ

唇を近づけゆきてぐい呑みの春の夕べの光を乱す

陀羅尼助また求めたり泣きごとを洩らせる口を封じるために

膝つきてほとけのざへと近づけるあのカメラマンよき絵をなさん

触れたらばころびそうなる老いのゆく妻らしい人の後に従う

車椅子若葉の下を過ぎゆくに乗れるも押すもひたすらの顔

借りっぱなし貸しっぱなしの人生はおそらくあらずわが身のうえに

よき時は常には無きに人生のどんぶり勘定積み重ねゆく

黒衣(くろこ)して若きら群れなしうごきいる四月一日今日は入社日

このような蛙は知らぬと言う若きとのさまがえるの写真の前に

ゆるキャラの衣装ぬぎたる若者は己にもどり笑顔も脱ぎぬ

律儀にもまたグッバイを表示してＣＤカセット別れゆきたり

仮名（けみょう）とうまたの名持てる人の来ぬ今日の若葉は雨にずぶぬれ

風ありと見上ぐる空のすきまより藤の白花こぼれてやまず

『今昔物語』巻三十一。

『今昔物語』に四国の辺地あらわれて両界曼荼羅の息づかいせり

三人の連れ立つ僧の迷い入る山家に馬にされたる譚

鞭うたれ馬に変われる僧二人前世の何を負いたるならん

迷いたる四国の辺地　変化（へんげ）とはならざりしわれ手足撫でみつ

穂絮

葦の穂の絮（わた）のしきりに飛ぶ日なり真すぐな批判もう届き来ず

行くさ来（く）さ人は触れゆく風化して読みがたき文字南無阿弥陀仏

猪の駆除の期間の切れたればまたも延長を告げる看板

団栗の旨さを知りて里山の櫟林に猪の棲む

一冬に三十数頭猪の捕獲をされて林あくびす

鈴鳴らし人の通るを知らしめてけものの道を遍路のいそぐ

むっつりと坐りていたる冬の陽にしずくの声を媼の落とす

閉塞感濃くよどみたる時代へとぽたっとひとつ椿の落花

甲矢

四国路を時計回りにめぐりゆく螺旋をなして芯を射るべし

ましぐらに奔れる甲矢(はや)の回転は春のまほらの臍(ほぞ)に届きぬ

放たるる矢の要（かなめ）をぞ打ち落とす那須与一の力恋いたり

的を射し矢のとどろきに乾坤の春を告げんとまんさくの咲く

みなぎれる力の満つる大地より大根抜けばはしっと鳴りぬ

首都圏に遅れ待ちいし四国なる飯依比古（いいよりひこ）に桜前線

風呂敷に包まれている菓子の箱まむすびのうえに春の陽とどく

かたかご

バスシートの図柄堅香子(かたかご)と気づくころ白川郷にバスの着きたり

雪どけの白川郷をはしるみず洗いたる掌(て)は拭わず歩く

人の世の手放す時間ゆたかなる時のたっぷり　囲炉裏かこめば

もりそばとざるそばの違い微妙なり上に焼海苔おごそかに乗る

かやつり草二人に裂けばすれちがう出会いの場なる世界ひろがる

笑い方四十年経て変わらずと驚きている教え子の来て

奥歯

噛み合わすつれあい持たぬ奥歯なり思わぬときに痛みひきだす

土鍋にて炊きし新米喜びて背（せい）くらべせり粒立ち上がる

ぬいぐるみ人形つぎつぎ滑りゆくオリンピックのジャンプ台より

その位置にぴたり納まる数字なり　10時の場合10個の場合

若きらの働きている午後三時ごめんと言いてわれは晩酌

住みている家より蟻も蚊も蠅も遠ざけにけん殺虫剤に

だんごむし小さき円光負いてゆくわが世はここと迷わず進む

捨聖遊行上人

植え替えをなさぬ貝母の芽のたけてひと日の雨に鉢に打ち臥す

朝八時からくり時計動きそめ坊ちゃんマドンナ幼くおどる

色街のかつての細き道ゆくにおにいさんちょっとの呼び声あらず

平成二十五年八月宝厳寺本堂、庫裏、重文一遍上人の立像焼失。

平成の世なる炎は焼きつくす一遍生誕の地の宝厳寺

本堂の焼失つぶさに見つめけん公孫樹は記憶噴きあげてゆく

焼けのこる断片なると本堂の更地のうえに梁置かれたり

立てるまま厨子の内にてくずれけん一遍上人の瘦せたる肢体

燃えながら南無阿弥陀仏唱えいる声のこだます今日を来たれば

本堂の焼けはつる後住職は老い深むとぞ黙して聞ける

重文の一遍像を住職と見しは四年前横に並びて

焼けしのち似せて作らるる立像のかなしきまでに木目新し

物置のような仮設の部屋の内一遍の像鋭きまなこ

住職の妻と見ており足先と指先はつかにくろずみくるを

日華の見えず

椀ひとつ欲しと仰げる泰山木空に向かって開きていたり

梅雨に入る東の空の枇杷色にともれるあたり日華の見えず

藻より藻へすばやく移るうろくずは人の影にもおどろきやすし

赤蛺蝶(あかたては)道に死にたりあかと黒まだらの羽を半ばひらきて

青葉濃きまなかいっぽんの道通り上へうえへと　その先見えず

水槽のふちに舌出す蜥蜴の子とかげとなりて生まれしいのち

年重ね鮮しき日々ひらきたり手探りながら歩みてゆかん

裂け目より今日また少し漏れ出ずるうやむやのものとどめんとせず

櫓（やぐら）より見れば向こうの屋根の上航くとも見えぬ船ばかり浮く

鳴子温泉

駅前の足湯につかり時すごす老いと語れば我より若し

妻逝きし後のひだるき空白に人の行き交う駅に来るとう

流れきてここの板場に二十年勤めしという　景清の面

行き交える人をみつめる目の深したたうる時間ほつほつほどく

自噴泉

見るみるにこけし一体仕上がりぬ轆轤とまりてたくみの笑う

手を持たぬこけしの並ぶショウケースすきまのあらず列を乱さず

湯をまつる神社の階段降りくれば地面よりふわっと自噴泉湧く

じいじいを祝うとちぎり絵なしくれき真っ白の髪に眼鏡を添えて

ごみなるか服のほつれかわからねばひっぱりて見つずるずると糸

土の香

生まれたる地の名おのれの姓に享け笑みて立つ人土の香放つ

ほどけつつ明日を待ちいる藪萱草時代の裂け目うちにひそめて

つつつっと水にはしれるかぶとえび環境汚染わらいとばせり

雉鳩は土鳩にまぎれずつがいにて餌離れ食む秩序ただしく

苦しめる修行の釈迦の坐りいつ知らずにながく手を合わせ来つ

不善をぞなしいる衆生のひとりなりひとしくわれに朝日のとどく

すだれかけかげり濃くなる部屋の内また呑みこみぬ言葉のひとつ

半夏生忘れていたる昼どきにうどん屋に行こうと妻の声あり

超辛の口にひびける酒飲めばさらに恋しき蓮の葉の露

ほどよきに折りあいつけて終わりたりこの場はこれでおしまいとする

台風十一号四国通過。

大風(おおかぜ)に洪水(おおみず)つづく今年なり　はじめてなりとマイクに語る

青葉ごと小枝こぼれて道ふさぐ四国を台風ななめによぎる

大変だねえ言えば笑って休むなく風の狼藉のしまいする人

阿波木偶資料館

はずされし頭（かしら）いくつの転がれる楽屋展示す　あかり落として

天狗久（てんぐひさ）の木偶（でこ）並びたり夜半起きてとうどうたらり翁は舞わん

「天狗久」は阿波の人形師。

並び立つ木偶は隣と触れあわず孤立まもりていのちを灯す

ケースより出されしままの恵比寿(えべっさん)酔ったよったと足をなげだす

並び立つ阿波木偶ずらり着物着て昭和をくぐり戦争くぐる

人気(ひとけ)なき木偶資料館去らんとす木偶のすえたるにおいもらいて

白雲木

痩せ土にちょうじがまずみ花ひらき生かさず殺さず山ははぐくむ

りんどうのいまだに眠る山道にふわっと人のまたも現わる

しつけよきラブラドールなりリード無く道草をせずまっすぐ歩く

南無大師なむだいしとて頼られてかすかな笑みをとかぬ石像

落ち葉など浄めて去らん　人の来ぬ早き時間に大師像前

ティッシュにてにわかづくりの螢籠灯る螢を見せてくれたり

餌となるかたつむり見ず陸生の姫螢ことしいくつに会わん

母の日に連れられて来し女童のハイ‐タッチして帰りゆきたり

白雲木咲けるを見よと呼びくれき　その人逝きて季節また来ぬ

動かずに寄る人のみを見続けてこんなに老いたと公孫樹は語る

重なりあう若葉の下のうすき闇なにの寒さか足に寄りくる

いくらでも老いを見ていしはずなのに老いを学ばず老いとなりゆく

体当たり雌追う真鯉にあかときの川いきいきと盛り上がりたり

身ぶるいて何をすべえとひとりごと体はだまってわれに従う

やわらかく体より湧く言葉あり巧みに掬うよき歌のあり

雨降りて土の香たっぷり貯うるそらまめ、胡瓜、莢豆を摘む

包丁の刃先に切られ皮よりもみどりの深し　ゆがくそらまめ

しんまめと呼べるみどりの初夏の味そらまめ肴に地の酒を酌む

瀬戸内に鰆の真子の季節きて口にぷちぷち愉しみて食う

鰆鮨留守のポストに届きたり讃岐のむぎのあきなる便り

塀越しに摘みたる芹を分けくるる隣人ありてほかほかといる

あかめがしわ徐々に赤さを失いて初夏の木々らにまじりゆきたり

屋島寺をはすかいに飛ぶほととぎす完き（まつた）われの姿を見よと

気づかずに軒の下にて太らせしすずめ蜂の巣子が取りくれぬ

殺虫剤あびて逃れしすずめ蜂きのうの雨にうたれ死にけん

甲冑をかぶれる床(とこ)の武者人形命の下る日近いねと言う

背伸びして洗濯物を干している女（おみな）にみなぎる充実のとき

厄水（やくみず）と役水の語の並ぶ辞書この世の水を汚しし文化

そら

香月泰男にシベリア・シリーズ57点がある。

蟻となり地下より見あぐる空描くシベリアの空　紺青ふかし

なすことの待つ人生を持ちたるは生きのびにけり絵描きの香月

抑留を糧となしたる戦後なり記憶をふかき黒に塗り込む

若き日に立ちすくみたる絵のありきシベリアの空の黒き太陽

香月泰男の墓石にふれしうつしみは「青の太陽」の空につつまる

万華鏡

御用始め今も生きいる冊子あり高島暦六日の朝

流し樽流れいし世のゆたかなり瀬戸内海に雪降りしきる

暖かき節分のあした立春を寒がりながら肱川に添う

芋大根蓮根筍焚き合わす煮物のよけれ湯気に立てる香

ややこしや思わず洩らすひとりごとどこから道をそれたるわれか

寝がえりの出来始めたる幼子にこの世きらきら万華鏡なす

柏餅さるとりいばらにくるまれて柏葉と並び売られていたり

このような人とはいやと言わぬ犬老いひきつれて雨の散歩す

曇り日の筆りんどうは花閉じて今日は開かず頑固さのよし

アイボ

紅葉する曼荼羅の野にひとすじの夕陽届けば行きどころなし

十九丁打ちもどりとう看板にやっぱりこの道行くと決めたり

いのししのぬた場の小さな水たまりからくりを持つ入口ならん

立冬の朝人来てしずかなる物言いをせり柘榴を提げて

医者のなくアイボ診療中止とぞ悲報のニュース夕べに届く

知らざりきロボットに寿命あることのふいの寒さに襟かきあわす

渦なして光のすじの射しくれば冬海は一枚の藍青の布

逆さまにプラスチックの烏二羽ぶら下げられぬ柿の上枝（ほつえ）に

椿堂

水飲みて担担麵を待ちており旅に待つ間のはなやぎのあり

優先の座席空きおり坐りたる居ごこち悪さしばしして立つ

紅葉の候にと残していた札所を巡拝し、四国八十八ケ所歩き遍路三度目結願。
椿堂二首。

おんかかかび唱えてめくれと言われたり地蔵菩薩の前掛けめくる

つらつらの椿咲かなん空海の突きさす杖より芽生ゆる古木

本堂の硝子にうつれるもみじの葉有為の奥山葡萄茶(えびちゃ)に燃えて

本尊の手へとつながる善の綱千二百年たぐりよせたり

草も木も散れる紅葉も仏にて昨夜(きぞ)散りたるを踏みしめ歩む

猪のずんずん里に下りきて領(うしは)く国と塀を越えゆく

軽トラの移動販売車待ちている嫗三人と立ち話しつ

車なきくらしの不便食うものを売りいる店のなきを嘆きぬ

台風のうねりのごとく近づけるトラックの風にあおられ歩む

いくたびも眼鏡ぬぐえどなお見えず何の遊びに生まれしこの世

イヤホーンつけぼうぜんと前を見る老いはいずこの海を旅する

空海の生まれけん地にほよほよと羽毛の舞えり夕日のとどく

茶の花は葉の下陰に開きたりさびしき花に人振り向かず

屋島千間堂

鑑真は開創なしける千間堂見えぬ手に撫でいつくしみけん

ひつじ草かすかに緑保ちつつあるかなきかの衰残を見す

沼なかばすでに陽かげり寒の空うつせる沼のかたく開きて

悼みつつ自己責任とつきはなす世論調査の結果を目守（まも）る

立ち入りの禁止区域の屋嶋城（やしまのき）人なき朝を上よりのぞく

本体の工事おわりてひろめ待つ城(き)は息ひそめ切岸に立つ

工事半ばの現場を見せてくれしことありがたきかな忘れずあらん

後方の支援なしたる負け戦身にひびくなり屋嶋城にて

烽あげ次なる城へ伝えしとう三角山のかすかに見ゆる

秋田より一白水成届きたり辛口の酒陸奥かおる

餡餅雑煮

地の匂い風の香口にひびきたりさぬきの土地の育みし食

白味噌の餡餅雑煮よろこびて新しき年のはじまり祝う

空海の伝えしという饂飩(うんどん)をさぬきの風土はぐくみ来たる

寒鮒を細く刻みて白味噌に和えたる鉄砲和え(てっぱい)春をことほぐ

実家へと里帰りする家づとの鰆はりたる押しずしのよし

梨ふぐは菊の文様身に負いてさぬき、でんぶく、と呼べば親しも

美食へとかたむく世相になじみえずついこのあいだ飢えし日を持つ

渡海のなかば

緋色なるサテンに抱かれ大吟醸森の国より美女届きたり

今年また真珠母貝の貝柱もらいて伊予のほこほこぬくし

またここで眠りの橋につまずいて救い求めぬ渡海のなかば

霜に枯れ荒るる白菜の皮剝げば恥(やさ)しき白きからだあらわる

頭(ず)の近く目白とびかいその上を山鳩のゆきその上みさご

妖怪のウォッチの谷に手を引かれ不用意に入る　立ちすくみたり

他人にはどうせわからぬことだよと笑いて人は別れゆきたり

十方空

四度目の歩き遍路を観音寺から始める。結願にいたるか……。

ひとり行く菜の花道に思いいるあの人この人亡き人ばかり

歩きだすまでの同行二人なる杖は電車に置きどころなし

開創の千二百年開帳の黒衣の大師に目をこらしたり

歩き仏坐り仏をくりかえしひとり歩みぬげんげ咲く道

何まつる石かわからず手向けたり咲きたる赤き椿の花を

見上ぐれば怖さのまさる直登のきざはしただにうつむきのぼる

ささやかなお接待若きに手渡せば燠火となりて歩みゆくべし

ながらえて今のあること菜の花の咲き始めたり大師への道

一歩一歩負いたるリュックの荷の重し一日のみなる歩き遍路に

おのれへともどりゆく旅野の辺なる蓬にたっぷり春の陽とどく

七十一番弥谷寺。

かけうげて目鼻さだかに見えざれば石の仏は永久(とわ)にわらえり

たましいの戻りくる谷いま誰かわが身柱元（ちりけもと）かるく触れたり

結ぶ印雨にさらされさだかには仏の見えず死者もどる谷

悟故十方空われには見えずおそろしき時空にひらく白梅の花

悟りたる空を歩まん前を行く人の足音さくさくさくと

土佐のおきゃく

山脈を越えて土佐路となりたれば太平洋のかがよいあふる

大皿に鰹、羊羹盛りあわす土佐のおきゃくに招かれて行く
「おきゃく」は宴会のこと。

猪野々なる桜はいまだ開かねば蒼き空へと拳をあまた

遍路をぞ恋いて猪野々のうつうつの日々すごしけん吉井勇は

いろりへと火を入れくれし渓鬼荘昭和の終わり訪ねゆきたり

あるじなる今戸益喜と話したる記憶の断片きれぎれに持つ

うつつ世に桜のあれば樹にふれて人のかなしみ語らんとする

這　子

なにげなく捲りていたる写真集ああっと閉じぬ　火柱の立つ

昭和史の表紙に立てる軍服の七五三の少年われにあらずや

洗わるる芋の一つか幼きも戦ある世にもみ洗われき

いまはむかし戦に敗れし昭和にはバブル期ありき一炊の夢

生きのびて後期高齢者となりにけり爆死の幼あまたありし世

出征の大和童男（おぐな）の持ちていし這子（ほうこ）を見たり生きたかりけん

補陀洛山寺

ＮＨＫ那智勝浦短歌大会の前日七月十五日、那智の大瀧へ。

なだれうち落ちくる瀧の裸形見つ飛瀧（ひろう）神社の御瀧拝所に

瀧の水しぶきとなりて顔を打つぬぐわんとせずほうと佇ちおり

大瀧は傾くんだね隣にてじっと見ていし男つぶやく

瀧水はなかほどの岩にぶつかりて瞬のかがやき　近々と見つ

黒揚羽ゆらゆらゆらと来て瀧の前胸突き八丁苦しみて越ゆ

補陀洛山寺。

参拝者ひとりもあらず境内の渡海の舟の朱色の鳥居

参拝の一人の去りてふたたびを渡海の寺の午後の沈黙

渡海してたたえられいる上人の墓一目見ん裏山のぼる

裏山にどしゃぶりの雨に打たれたりぬかるむ木の根の細き坂道

渡海せし宥照上人の記念碑は時をくぐりて古びんとせず

金光坊（こんこうぼう）の渡海のあわれ記したる井上靖『補陀落渡海記』

那智駅の駅前に立つ記念碑に中村覚之助を初めて知りぬ

サッカーの先覚者なり八咫烏（やたがらす）のマークの由来なるほどと見つ

短歌大会は開始直前に台風十一号のため中止。

台風に中止となれば招かるるものらひろげし翼をたたむ

開始には早き時間に到着の遠路の夫婦も雨の中去る

設営をされいし舞台あっけなくたたまれていく中止となりて

今日の便これで終わりのアナウンスかたまりていし人動き出す

大阪へ向かう紀勢線わずかのみ進みて止まりまた止まりたり

倒木を撤去中なるアナウンス停車のむこう白波しぶく

停車せる窓のむこうの浜木綿は雨にもろ手をあげて喜ぶ

新幹線遅れて着けば四国への交通網は断たれたるあと

ようやくに決まりし宿の岡山に疲れは泥濘のごとくに来たる

不完全燃焼なればぐるぐると身をまとう紐断ちきれずいる

猛暑日の短くひける家の影飛び石踏めるごとくゆきたり

*

徒長枝の臘梅の葉のおおよそを奪いて四国を台風過ぎぬ

ひと日なる木槿の白を咲かせおり今日のいのちに心洗わる

ま白なる木槿の花を行きもどり抜けられずいる一匹の蟻

この痛み心の洩らすものならん左の足を痛みのはしる

閉所恐怖おそれてＭＲＩくぐりたり呼び出し用のゴム鞠にぎり

歩きたしと思うに痛む左足椎間板ヘルニアの断

ひしひしときちきちきちと身に及ぶ夢よりさめて真昼日にいる

足摺岬

岬へと続ける道に野路菊は風になびきて白きわだたす

野路菊の咲きさかる岩へめぐりていそひよどりは群れなし飛べり

行きどまりの岬のはてを洗いいる太平洋の紺青の潮

紅葉のまばらなる森秋ふかき足摺岬は常緑樹林

ビロウ樹は保護自生地に葉をたらし南の光をはじきこぼせり

木の丸殿

沈黙す　八十場の清水御遺体を浸したるかたえに心太（ところてん）食う

雲井御所探して道に迷いたり牛乳配達車に運ばれてゆく

雲井御所は配流直後の御所。

話やめてわれをみつめぬこんな地に何故来たのかいう不審顔

鼓岡神社は雲井御所の後、崩御までの御所。

木の丸殿再建されてかなしみをさらに濃くせり戸をとざしたり

流罪地の裔なるは翁ほっこりと会釈に笑みて別れゆきたり

莞爾たる笑いを残し別れたり舞台の翁に会いたるごとし

綾川に沿いて歩きぬ上皇の国府監視に置かれたる地を

自殺、病死、暗殺説の残りいる讃岐にいまだ怨霊生きて

芋の葉の露

豊かさはしあわせならず麦飯の日々に見たりし芋の葉の露

銀やんまむくろのすがたかたちよしつまみあげたる色さらによし

見返りは求めず接待する四国訪いくる人をわけへだてせず

少しだけ遠回りして道案内したるのみなり納札受く

駅前に潮入りの池　干満のあるにおどろく東京の人

地下溝につながり潮の干満を見せいる池に泳ぐ茅渟（ちぬ）、鯛

うどんだけじゃない讃岐の地産品キオスクに地酒ひっそり並ぶ

脚の痛み少しやわらぐうれしさに露しとど置く公園に来つ

露の玉つらなり置ける鉄棒にぶらさがり見つ四国曼荼羅

むこうなる山のふもとの明るみて実りの色に透けはじめたり

握り飯にぎられし白崩すなく経木に並ぶ米の力や

握りたる手塩の味のもどりくるおにぎりひらく萩のもとにて

立ちあがりともに離れぬ白米の三角形のとんがりぼうし

山上のたっぷり水をいだく池蜂来て蝶来て水をくみゆく

うつつよりしるき影ひく飛蝗いて秋陽のなかへついと消えたり

山上の池の面に時止まり一炊の夢さめたるごとし

秋の野はとりどりの色ないまぜて深き沈潜の季節に入りぬ

順路へと一方通行に導かれ袋のような空地に至る

こんなとこ来る予定ではなかったに行きどまりなる道に陽の輝る

もどるより術のなけれどあきあかね行きつ戻りつ立ち去るとせず

来島海峡。

水軍の裔（すえ）なる船頭たのしみて渦のなかへと船すすめゆく

海面の少し凹むと思うまに渦のみっつの巻き始めたり

巻く渦はうちへうちへと巻きこみて朝顔の花はっしとひらく

小島。

螺旋なす橋下りゆく鈍色(にびいろ)の光を敷ける島の底へと

ほんならね船のでるけん伊予なまりに親子のわかれなすを見ており

初めてに訪れきたる枇杷型の島の真昼に物音のなし

仮想敵ロシアにおびえ築きたる要塞跡の残る坂ゆく

日露戦はじまる前の地下壕は全きすがたを小島(おしま)に残す

想定の全くはずれて使われぬ要塞のあり生地近くに

瀬戸内も戦場となるおそれにて作りし要塞くずれず残る

裏口

玄関の戸の閉まりおり裏口へまわりて開く旅よりもどり

梅錦の一升瓶をぶらさげて一人の家の明かりをともす

長男のきたりて厨を覗きたり飯は食べなよと言いて帰りぬ

飯食っていますかまず心配すそれはなんとかやっております

特小の袋につめて燃えるごみ出しに行きたり寒き朝に

ポケットの隅に小さなメモのありためらいながらゴミ箱に捨つ

夕食の弁当コーナー品選びの老いはちらっとわれを見てゆく

電話すればこの人もまた病みておりまたねと言いて短く切りぬ

うらおもてあふるるばかり卵(こ)を持てる鰈の煮たるをいただきて食う

不安なる渚はしばし遠ざけて小春日の空ながめておらん

真上より覗きこみたる曼珠沙華空(くう)をおしあげ渾身に咲く

ぶどう園房の紫紺に露をおびかがようころか心吸われぬ

土つきの大根届くむこうなる幸をどっさり背負えるように

はじめての童女の電話ありしとう蟹半分のお礼を言うと

伊予産のどぶろく「なっそ」あたたかき肌にすっぽり包みくれたり

「なっそ」は「どうして」という伊予ことば。

注連縄

縒(よ)りかけてないあげられし注連縄(しめなわ)は新しき年の香を放ちたり

もどらんとはずめる力うちに秘め新しき藁つややかにあり

においたつ注連縄のもと頭（ず）をさげて年のはじめの心つつしむ

早口にしゃべりいるとき伊予弁のついとこぼれぬ風土の力

三番叟（さんばそう）きたりて春をことほがん野山は春の気をふきはじむ

マイナンバー

ハンドルを握りいる手に陽のとどき貫入の肌つくづくと見す

桟橋の灯りのとどく夜の海牙をおさめてなめらかな面

妻逝きて自治会脱退するという泣きながら来る老いを帰しぬ

気がつけばおおよそ老いの小団地限界集落そこに来ている

マイナンバーどこに隠しておくべきか赤膚さらす我の情報

カラスノゴマ

岩場なるカラスノゴマの黄の花をつつみて遍満の初冬の光

稀少種のイソムラマイマイ住みつく地屋島の土地に晩年生きん

面河にてとられし鮎も臓(わた)抜けと言葉を添えて伊予より届く

郡上八幡。

長良川鉄道に乗るたっぷりの時間たのしと言えばおどろく

杉玉と近づきみれば南天と肉桂玉本舗あるじのたまう

郡上八幡新橋。

土地の子ら夏はここより飛び込むと十メートル余の下をのぞきぬ

新橋を通りかかれる人に問う飛び込んだかと問えばうなずく

迢空の歌碑は語れり大正の昼火事に焼けし郡上八幡

ミュージアムの展示に知りぬ奥美濃の山川京子の夫の弘至

迢空は弘至の依頼に郡上へときたりぬ黄ばむ小さきはがき

滅紫

あかざの穂滅紫(けしむらさき)をかかげつつ秋の入り陽に個をきわだたす

食を断つ空海残す御遺告(ごゆいごう)一字一字のとめはねつよし

伊予生まれ讃岐ことばと微妙なるすれちがいして人と別れぬ

にいにいさん節分の日のグラウンドにアスパラガスの手足のうごく

退職の頃に使いし鉛筆をまだ使いおり十余年過ぎて

ゴロはグラウンダーの略という此岸を走るゴロを見ており

皮虫

皮虫のつぎつぎ宙よりくだりきて村の祭の終わりたるらし

寄りゆかば何の報復あるならんちょっと来よとぞまたも鳴きたる

皇紀二千六百年の誕生日満月なりけりとどろくごとし

佇つかがむひとは幾つをこなしつつ意思のからめる動きをなせり

人間は人の形をくずすなし涙を流す人逝くときも

手塩皿に貫入あまた走りたりしずかに雷光過ぎたるあとを

三か月先の検診予約してあっけなく逝く歯科医師のあり

こまつなぎ一枝もらい瓶にさすいちはやき野の時間ともにす

鱧も一期蝦も一期か　一生(ひとよ)かけ蝦に及ばぬ七十五年

つつむ

みごもれることと字源に解かれいる「包」はたっぷり「勹(ほう)」をいただく

法廷の検事の卓を追うカメラ風呂敷包みをしばし動かず

せしことをつつまず話してくださいと閻魔（えんま）の訊問（じんもん）もしも受けなば

薄紙につつむ小さき三盆糖卓にはらっと昴（すばる）のひらく

閏年 逆（ぎゃくう）打ち遍路多きなかまじり讃岐を空海のゆく

男鹿半島

雪国のおおばこは強き根を張りて尺余の先に花をつけたり

おおいたどりたけだけしくも道おおいかき分けて日本海の渚へくだる

中里の浜の人家の絶え果つるさまを記せり菅江真澄は

なまはげの振りこぼしたるわらしべをわれへの秋田の土産となしぬ

村人の手につくりたる粗き面怒濤のような叫びあげたり

十六度市

十六度市月遅れなる七月の志度寺山内市はすたれぬ

でんぼやは生姜糖売る店なれど市立てる日の今日も閉店

本尊の十一面の観音に近づきたれば豊かな仏

顔面の剝落しるき閻魔さま今日は開帳近々と見つ

ひおうぎの花咲きそむる境内を黒き揚羽とともにめぐりぬ

火事の後新しく寺建てかわりあっけらかんと源内の墓

誤りて黒のインクに押したれば速達印は身に迫りきぬ

台風のくずれの雨はさっと降りたちまちに過ぐ水なき四国

かぶとむし雄のみ残る飼育箱妻は朝の餌を与えおり

たまきわる命を終えしかぶとむしあらがねの土ふれず逝きたり

身も心もふかく癒さんほうとして見つむるかなた秋の寂光

庵治石の卓のおもてを撫ずる手に石はなめらか光をこぼす

岐れたる遍路道にてしめりたる土の道よし体よろこぶ

役行者

石鎚山。

石鎚（いしづち）山の刃先するどき稜線は朝近づく佳き日にあらん

根つめてふたつなしたる仕事終え見あぐる石鎚銀鼠色

風のごと役行者（えんのぎょうじゃ）の過ぎたらん橅の若葉のざらっとさやぐ

修験者の吹く法螺貝はまぎれなくここが宇宙のまんなかと告ぐ

寂仙（じゃくせん）の生まれ変わりと『霊異記』の末尾は記す神野（かみの）親王

伊予の国関所の寺をくぐりたり郷関出でし根のなきわれは

茗荷

合羽着て遍路道ゆく逆打（ぎゃくう）ちの若きは雨の青田に消えぬ

仏教の渡りし大和神々となじむは湿る季節なりけん

もろもろの神のうしはく青き国神仏習合の歴史のくらさ

異類婚ありけん四国つやつやとつつむ山野の緑したたる

せみの声いまだ聞かぬに路上にはにいにい蟬の平たき骸

鳴かず死ぬにいにい蟬はきちこうの根元に移すきちこうとなれ

三角の頭巾かぶれる海老の顔小さきくろきまなこを点ず

茹でられし髭をつかみて吊し見つ海老はこの世を越えてしずけし

新しき檜の杢板張りし床土佐の山河の香を噴きあげぬ

チェンバロの漆の函よりながれくる音のとぎれずイタリアの雨

水無月の茗荷とんとん刻まれてとおつ世の香をかすかにはなつ

梅雨どきの淡竹のうまし根元よく穂先もよろし酒の肴に

あすやちるらん

瀬戸内国際芸術祭２０１６、台湾の林舜龍の作、シリアの難民アイラン君の死をモチーフにした一九六体の童子の像「国境を越えて・潮」が小豆島大部の渚に展示されている。

前向きに傾き砂に埋まりたる童子のいくつまなこつぶりて

こちらへは振り向かず海のむこう見る海に果てたるアイランくんは

どの顔も笑みをほどかず幼きは絶ゆる宿命身ににじませて

頭には大きな裂け目ひらく像なぜぼくなのかひたすらに問う

触れたれば意志なき像は直立のままにからだのぐらりと揺れぬ

汝が性（さが）のつたなきを泣け　不条理を身に受けとむる幼きおのこ

崩れたる頭のあとに埋められしバラあらわれぬ　あすやちるらん

難民の受け入れしぶる国に住み夏の渚にわれはつっ立つ

おいくつですか

ここまでをよく生きたるとおどろくに誕生日祝う童女の電話

「おいくつですか」「七十六、　わかるかな」童女の声のぷつりとぎれぬ

高齢者歯科検診の用紙さげ真夏の午後の検診に行く

ぷくぷくのうがいできるに◯つけぬ出来ぬ日そこに来ているらしい

針千本とがれる尖の並びいる歯科医の卓はわれを待ちおり

八十に何本残る時々の歯磨き忘れる日を重ね来て

親知らず抜きにしのみに残りたり戦いの日の食貧しきに

甘きものなき戦中に育つゆえ親知らず抜きあとは残りぬ

凍土の庭の焚火をかこみつつ戦いの日をしのぎいたりき

暖とると近寄りすぎしズボンへと火のとびうつり燃えあがりたり

薬などなき戦中の火傷にて醬油をぬりて治療となしぬ

寒きとき暑きときにはケロイドのうずうずかゆき少年期あり

高松市沖の男木島。

猫がいない観光客は口々に騒ぎて嘆く男木(おぎ)の港に

全島の猫捕獲して不妊とす島の人との共生のため

島の猫たちまち減りて夏の午後傷持つねこののっそりひとつ

テーラーと呼べる車輛にタンク積み屎尿のにおいふりまき下る

迷いたる角を曲ればまたもとの坂道にでる迷路なる島

空き家の路地にひっそりつづきいる島は総勢百六十余

山幸のわたつみの宮はここだった豊玉姫神社の看板にあり

山幸と豊玉姫の出会いの場神井戸（しんど）はくらき水たたえたり

葛の葉

あかときのライトに浮かぶ葛の葉はおのれをさらし競い立ちおり

茄子紺の色ふかめゆく菜園のかたわらゆくにものおもいたり

かたまりておもだか生える沼の辺に散歩の足は今日もとまりぬ

阿讃なる山冷えたらん届きたる葡萄の紫紺はだに霧噴く

冷やされし葡萄は白磁の皿にあり紫紺の秋をうちにたたみて

田の水の畦より洩れてぬるる道時止まりたり　永遠のごと

たこ飯のライスコロッケ飯まるめパン粉をまぶし揚げたるを食う

火焚きの翁

雷鳴は稲のみのりをことほぎてながく大空にとどろきやまず

里芋を掘りあぐるとき至りぬと大きなる葉に白玉むすぶ

いりこ味噌うましと食えばはじめたる夕べの酒をまた重ねゆく

茹であがる全き栗を噛みたれば口にはじける満天の秋

山上憶良の子らはかくれんぼしどろもどろの秋の夕映え

憶良らの子らのともがら栗食いて八十路に近き齢となりぬ

五十年ぶりの豪雨はかなしきに栗食むいまのからだははずむ

ふだんより二時間近く早起きし敬老会の世話にゆく妻

三尺茄子久万より届く行儀よくむらさきの艶ますぐにのべて

図書館の玄関前にあつまりてあかねとんぼはゆきつもどりつ

川底に秋の光のただにさしくろき川蜷の孤立のふかし

あさぎまだらふじばかまの辺に二つきて睦(むつ)れとびかう寺の中庭

あかときの水栓押せばすきとおる秋の光の束ほとばしる

朝一の一番釜のうどんへと並ぶ讃岐の男ら寡黙

うどんさえあれば讃岐の男らはよしとし朝の仕事へむかう

増量ができますよとか言われても朝よりうどんそんなに食えず

讃岐産小麦に打てるうどんにて切口の鋭(と)しぶっかけにせん

讃岐にも人住まぬ集落生まれたりこの世の陥穽（かんせい）ひとつひらきて

しばらくを般若心経読まざれば一度つまずき有為の奥山

読経とは経本ひらき読むものをおもいあがりて暗誦をせり

めがるかや風にそよげりあんなにも好める草の名前のいでず

屋島山麓の四国村。

民家村枕木を敷く坂の道ときの渚の打ち寄せ止まず

どんぐりは殻斗（かくと）かぶりて落ちており雨にしずかな古民家園に

古民家の管理のために火を焚くと今日もきたれる翁つつまし

火に向きて寡黙にいたる翁なり火を継ぎきたるおそれを保つ

またひとつ榾(ほた)の足されぬ燃ゆる火は人のこころを鎮めきよむる

古民家のいろりに薪継ぎ足せるむだなき翁の閑寂の生

ちろちろと燃ゆるいろりの炎へと通りすがりの人も寄り来ぬ

燃ゆる火は古き祖(おや)らの伝えこしつましきくらし噴きあげ燃ゆる

楮蒸す樽吊さるる土間の見ゆ幼き頃に見つめし作業

あとがき

第九歌集『谿泉』は二〇一四年から二〇一六年までの作を収録している。
　この時期、四国八十八ヶ所歩き遍路の三度目にかかっていた。記憶が不確かだが、一度目はひたすら前に進み、二度目は一度目の体験を経て天狗になり出会った人に教えたがる、三度目を歩いて初めて身につくという趣旨の話を出会った遍路から聞いたことがある。それならばと三度目に挑戦していたころである。体験から得た言葉だったと実感したのは、やはり三度目だった。
　四国は海に取り巻かれた繭のような島、遍路道は基本的に海沿いに円環をなしている。島自体が曼荼羅の世界、空海の歩いたとされる道をたどる行道である。歩きながら自己の生育歴、道中でのお接待への感謝などが脳裏をめぐっていた。四国の風土へもおのずと思いはひろがっていった。三度目を結願、これで終わりと思ったが、体と心は遍路道へ向かっており、気がつけば四度目を歩き始めていた。遍路にはリピーターが多い、私の四度目の結願はおそらく無理だろう。

歌集の題名の「谿泉」は谷間からわきでる水のこと。山道で疲労困憊していたとき、この谿泉にいかに癒やされたか。歌集の中にこの湧き水の一筋でも流れていることを願って歌集の題名とした。

歌集の出版にあたって『短歌』の編集長石川一郎氏、打田翼氏のお世話になった。倉本修氏が装幀してくださるそうで楽しみにしている。編集にあたって協力していただいた「音」の上村典子氏にも御礼を申し上げます。

平成三十年七月二十一日

玉井清弘

著者略歴

玉井清弘（たまい　きよひろ）

一九四〇（昭和十五年）　愛媛県生。
一九七六（昭和五十一年）　第一歌集『久露（きゅうろ）』刊。
一九八六（昭和六十一年）　第二歌集『風筝（ふうそう）』刊。芸術選奨文部大臣新人賞受賞。
一九九三（平成五年）　第三歌集『麴塵（きくじん）』刊。
　　　　　　　　　　『鑑賞・現代短歌　八　上田三四二』刊。
一九九五（平成七年）　『現代短歌文庫　玉井清弘歌集』刊。
一九九八（平成十年）　第四歌集『清漣（せいれん）』刊。日本歌人クラブ賞受賞。
二〇〇一（平成十三年）　第五歌集『六白（ろっぱく）』刊。山本健吉賞、短歌四季大賞受賞。
二〇〇四（平成十六年）　第六歌集『谷風（こくふう）』刊。
二〇〇七（平成十九年）　『時計回りの遊行　歌人のゆく四国遍路』刊。
　　　　　　　　　　第七歌集『天籟（てんらい）』刊。
二〇一三（平成二十五年）　第八歌集『屋嶋』刊。詩歌文学館賞、迢空賞受賞。
　　　　　　　　　　他に香川県文化功労者、文化庁地域文化功労章、四国新聞文化賞など。

現住所　〒七六一―〇一〇四　香川県高松市高松町四七七―一五

歌集　谿泉　けいせん

音叢書

2018（平成30）年9月14日　初版発行

著　者　玉井清弘

発行者　宍戸健司

発　行　公益財団法人 角川文化振興財団

〒102-0071 東京都千代田区富士見1-12-15

電話 03-5215-7821

http://www.kadokawa-zaidan.or.jp/

発　売　株式会社 KADOKAWA

〒102-8177 東京都千代田区富士見2-13-3

電話 0570-002-301（カスタマーサポート・ナビダイヤル）

受付時間　11時〜13時 / 14時〜17時（土日祝日を除く）

https://www.kadokawa.co.jp/

印刷製本　中央精版印刷株式会社

 ISBN978-4-04-884219-8 C0092